PERSÉE DE MACÉDOINE

OU

L'HÉRITIER D'UN ROI,

TRAGÉDIE EN CINQ ACTES.

PAR

M. BOUCHER DE PERTHES.

ABBEVILLE,
IMPRIMERIE T. JEUNET, RUE SAINT-GILLES, 108.

1851

AVERTISSEMENT.

La pièce est fondée sur la version historique que Persée n'était qu'un fils supposé de Philippe. C'était une opinion répandue dans Rome et dans la Grèce. Voici ce qu'en dit Rollin d'après Tite-Live.

« Le peuple (*les Macédoniens*) regardaient Démétrius » comme celui qui devait monter sur le trône après » la mort de son père (*Philippe*), car quoique pour » l'âge il fût le cadet, il avait sur son frère l'avantage » d'être incontestablement légitime, au lieu que Persée, » reconnu pour tel par Philippe, passait ou pour être » né d'une concubine ou même pour avoir été supposé. » C'étaient là les bruits communs. » (*Histoire romaine*, livre XXIV, tome 4, pages 441 et 442. — TITE-LIVE, XXXIX. 53.)

Le caractère donné au faux Persée dans les premiers actes est également fondé sur l'histoire. Rollin dit encore d'après Tite-Live et Polybe :

« Persée gagna l'affection de tous les Grecs et les » remplit des espérances les plus flatteuses ; d'ailleurs, » toute sa conduite, toute sa personne semblait annon- » cer un prince digne de régner. Sa taille était » avantageuse, sa physionomie noble et prévenante. » Ajoutez qu'il ne se livrait point à ces excès de débauche » par lesquels son père s'était si souvent déshonoré. » Ce fut par ces apparences de vertus que ce prince » donna au commencement de son règne des espérances » auxquelles il aurait été à souhaiter que la fin eut » répondu. » (*Histoire romaine*, livre XXV, tome 4, page 515. — Polybe, *Apud Vales*, lib. XXVI.)

Le personnage de Laodice n'est pas entièrement d'invention : le roi Philippe eut une fille qui épousa Prusias. — Tite-Live, lib. XLII. 111.5.)

Le vrai Persée est une création de l'auteur ; mais elle ne sort pas de la vraisemblance, puisque l'histoire représente le Persée régnant comme un imposteur.

Les succès du faux Persée au commencement de la guerre contre les Romains sont historiques. Persée battit le consul Licinius au bord du fleuve Pénée. Il y combattit en personne et montra beaucoup de courage. Après ce succès, il essaya de traiter de la paix. (*Histoire romaine*, livre XXV, tome 4, pages 544 et 546. — Tite-Live, XLII, 58. 59.)

Le caractère de Marcius est conforme à ce qu'en dit l'histoire : envoyé comme ambassadeur vers Persée, sous le prétexte de la paix, il le trompa et mit le trouble dans la Macédoine. Voici ce que rapporte Rollin de cette ambassade :

« Marcius et Attilius, de retour à Rome, rendirent » compte au sénat de leur commission. Ce qu'ils firent » valoir surtout, fut la ruse et l'adresse avec laquelle » ils avaient trompé Persée. » (*Histoire romaine*, page 534, même livre. — TITE-LIVE, XLII. 58. 59.)

Calligène, dont il est souvent parlé dans la pièce, n'est pas un personnage d'invention. Les moyens qu'il employa pour mettre Persée sur le trône sont copiés sur l'histoire. Voici ce qu'en dit d'après Tite-Live la *Biographie universelle*, volume VI, page 546.

« Calligène, médecin de Philippe, servit utilement » l'ambition de Persée. Philippe étant tombé malade, » Calligène connut qu'il touchait à sa fin. Il dépêcha » des courriers à Persée, et jusqu'à son arrivée il cacha » la mort du roi aux grands et au peuple de Macédoine. » Par ce moyen, Persée s'empara facilement du trône. » (TITE-LIVE, lib. XL. 56.)

Antigone, dont il est également plusieurs fois question, était neveu d'Antigone Doson qui avait été le tuteur de Philippe et qui sous ce titre avait régné 10 ans en Macédoine. Philippe, voulant déshériter Persée, désigna Antigone pour son successeur et le présenta comme tel aux grands de la Macédoine. Antigone accusa Persée de la mort de Démétrius. Quand Persée monta sur le trône, il le fit mourir. (*Biographie universelle. Histoire des successeurs d'Alexandre.* — ROLLIN, volume V, page 5.)

Harpale fut l'ami et le confident de Persée. Chef d'une ambassade envoyée à Rome, il s'y montra ferme et dévoué à son maître ; à son retour, il l'engagea à faire la guerre aux Romains. (*Histoire ancienne*, page 9, tome 5. — *Histoire romaine*, livre XXV, tome 4, page 519. — TITE-LIVE, XLII. 14.)

Antimaque était également un des officiers de Persée. (*Histoire ancienne*, page 58, volume V.)

Le gaulois Clondicus est tel que le dépeignent les historiens. Persée avait fait venir des bords du Boristhène un corps de troupes gauloises composé de 10,000 cavaliers et d'autant de fantassins. Ils avaient pour chef Clondicus. (*Histoire ancienne*, tome 5, pages 57 et 58. — *Histoire romaine*, page 581. — PLUT. *Paul. Amil.* 260. 261. — TITE-LIVE, XLIV. 26 27.)

PERSONNAGES.

DÉOCLÈS, sous le nom de Persée, fils supposé de Philippe, dernier roi de Macédoine.

HARPALE, confident de Déoclès, un des chefs de son armée.

ANTIMAQUE, l'un des chefs du sénat.

CLONDICUS, chef des Gaulois au service de Déoclès.

LAODICE, fille du roi Philippe et sœur de Persée.

PERSÉE, fils de Philippe et son successeur légitime au trône de Macédoine.

MARCIUS, ambassadeur romain.

STRATON, officier du palais.

Troupe de Soldats, Troupe de Peuple, Licteurs.

PERSÉE DE MACÉDOINE

OU

L'HÉRITIER D'UN ROI,

TRAGÉDIE EN CINQ ACTES.

La scène se passe à Pella, capitale de la Macédoine, 171 ans avant l'ère chrétienne. Le théâtre représente un vestibule du palais des rois de Macédoine, orné de plusieurs statues.

ACTE PREMIER.

SCÈNE PREMIÈRE.

CLONDICUS, ANTIMAQUE.

ANTIMAQUE.

De l'approche du roi le sénat est instruit;
Il sait quel ordre auguste en ces lieux vous conduit,
Et bientôt vous serez admis en sa présence.
Mais veuillez confirmer le bruit qui vous devance,
Persée est-il vainqueur, et l'orgueil des Romains
Cède-t-il en ce jour à nos heureux destins?

CLONDICUS.

Vos vœux sont accomplis, et la trêve est signée.

ANTIMAQUE.

Quoi! seigneur, il est vrai, la guerre est terminée?

CLONDICUS.

Oui; mais du roi vainqueur les plus grands ennemis,
Seigneur, ne sont pas ceux que nous avons soumis.
Dans ces murs il en est envieux de sa gloire,
Dont les lâches complots enchaînant la victoire,
Nous arrachent le glaive au milieu des succès.

ANTIMAQUE.

Un guerrier, je le sais, ne peut aimer la paix.
Quand elle est glorieuse, elle a pourtant des charmes.
Il est noble au vainqueur de déposer les armes.
De ses exploits Persée a rempli l'Univers,
La fortune de Rome a connu les revers.
Déjà la Thessalie à son sceptre est soumise,
L'Elide attend ses lois et la Thrace est conquise.
Mais à quel prix enfin au fier Licinius
Accorde-t-il la paix?

CLONDICUS.

De ces Romains vaincus
Ce n'est pas sans efforts qu'il souffre la présence;
Le tribun Marcius à sa suite s'avance,
Au sénat député. Le consul en ses mains
A remis ses pouvoirs et l'honneur des Romains.
Ils approchent des murs. C'est ici que Persée
Doit imposer des lois à l'aigle terrassée;
Mais qui pourrait le croire après tant de succès,
Lorsque la Grèce entière admire ses hauts faits,

Jeune, cher aux soldats, digne de sa puissance,
Ce n'est plus ce héros énivré d'espérance.
Triste, sombre, agité, je ne sais quel poison,
Quelle étrange douleur égare sa raison.
Un seul de nos guerriers, Harpale, a connaissance
Du secret qui l'oppresse. Il garde le silence,
Et chacun dans le camp craint de l'interroger.

ANTIMAQUE.

L'abîme est entr'ouvert, le roi voit le danger.

CLONDICUS.

Les efforts du sénat, d'une princesse altière,
Des fureurs d'Antigone implacable héritière,
Peuvent-ils ébranler le trône d'un héros?
Il vient pour mettre un terme à ces lâches complots.

ANTIMAQUE.

Ces complots, ces efforts lui causent moins d'alarmes
Que ce bruit qui l'oblige à déposer les armes,
Ce bruit jusqu'en ces murs aujourd'hui répandu,
Et cet autre Persée à la Grèce rendu
Qui se dit de Philippe héritier légitime.

CLONDICUS.

Eh quoi! cet imposteur suscité par le crime,
Dont quelques insensés secondent les projets,
Causerait-il son trouble et ses ennuis secrets?
De redouter ce fourbe aurait-il la faiblesse?

ANTIMAQUE.

Ecoutez, Clondicus. Etranger à la Grèce,
Fils du Nord, en ces lieux conduit par vos exploits,
Vous avez embrassé la cause de nos rois:

Vous défendez Persée, il connaît votre zèle;
La Macédoine en vous voit un ami fidèle;
Vous saurez les dangers d'un roi que je chéris,
De ce roi notre espoir. Philippe avait deux fils;
Mais à Démétrius réservant la couronne,
Il voulut que Persée, élevé loin du trône,
Ignorant du pouvoir le dangereux attrait,
Apprît dès son enfance à n'être qu'un sujet.
A peine eut-il six ans, qu'aux soins de Calligène
Remis par le monarque, en une île lointaine,
Sans pompe, sans éclat, seul il fut emmené.
Au fond de ce désert, du monde abandonné,
Il oublia bientôt et la cour et son père;
Du fils de Calligène il crut être le frère,
Et la douce amitié réunit sous ses lois
Le jeune Déoclès et l'héritier des rois.
Même âge, mêmes goûts et quelque ressemblance
Entre eux semblaient encor rapprocher la distance.
Démétrius mourut. Fut-ce l'ordre du sort,
Quelque crime secret vint-il hâter sa mort?

CLONDICUS.

Un crime!

ANTIMAQUE.

Jugez-en. Il expirait à peine,
Qu'on apprend dans Pella qu'un fils de Calligène,
Ce même Déoclès, en voguant vers Lesbos,
Surpris par la tempête, a péri dans les flots.
Calligène était seul échappé du naufrage.
Il parut à la cour le deuil sur le visage.
Chacun, même le roi, prit part à ses douleurs...
Mais le roi seul, dit-on, devait verser des pleurs.
Mille bruits effrayants dès lors se répandirent,
Et des bords africains à Rome retentirent.

Les uns parlaient de meurtre et d'autres de poison,
On avait vu le prince au fond d'une prison;
On prétendait, j'en ai repoussé la pensée,
Que Déoclès vivait sous le nom de Persée.

CLONDICUS.

On oserait!.....

ANTIMAQUE.

Philippe enfin voulut revoir
Ce fils, son héritier et son unique espoir.
Quinze ans s'étaient passés depuis que sa prudence
Avait, loin de la Grèce, exilé son enfance.
Le prince rappelé dût rentrer à la cour;
Je ne sais quel motif éloigna son retour.
Quand il parut, ce roi de qui le témoignage...
Philippe... n'était plus... Comme son héritage,
Il réclama le sceptre, il invoqua nos lois,
Harpale et Calligène appuyèrent ses droits.
La fille de Philippe était peut-être à craindre,
On détourna les coups dont elle eut pu l'atteindre,
On lui fit partager la pourpre et le pouvoir,
On lui tut des projets qu'elle aurait pu prévoir.
Il monta sur le trône. En sachant le défendre,
Il prouva qu'il était l'héritier d'Alexandre;
Il vainquit les Romains, et ses nombreux exploits
L'ont mis depuis long-temps au rang des plus grands rois.
Faut-il que dans ce jour, du sein de la poussière,
S'élève ce brandon de discorde et de guerre?
Cette apparition, au parti factieux,
Donne sur le monarque un ascendant fâcheux.
Et si la Grèce osait lui disputer ce titre,
Entre un rival et lui qui deviendrait arbitre?
La fille de nos rois, Laodice.

CLONDICUS.

Sa sœur!

ANTIMAQUE.

Il est le meurtrier de son époux, seigneur.

CLONDICUS.

Antigone a, seigneur, mérité son supplice.

ANTIMAQUE.

Il était innocent aux yeux de Laodice.

CLONDICUS.

Innocent! ce perfide esclave des Romains,
Qui, gendre de Philippe, a trahi ses desseins.
Qui traître, qui parjure au trône, à sa patrie,
A deux fois sur son roi levé son bras impie.

ANTIMAQUE.

Quels que soient ses forfaits, insensible à son sort,
Laodice peut-elle applaudir à sa mort.
Il était son époux; la blessure est nouvelle;
Sans quelqu'émotion, ici, reverra-t-elle
Ce frère encor fumant du sang qu'elle adorait?
La haine est attentive et le soupçon est prêt.
Et si Rome s'unit à ce nouveau Persée,
Si par les mécontents sa cause est embrassée,
Si le sénat enfin se déclare pour lui,
A ce roi, ce vainqueur, reste-t-il un appui?
Les soldats, éblouis d'un prestige de gloire,
Suivent moins ses drapeaux que ceux de la victoire.
Le malheur d'un instant peut détruire à jamais
Un pouvoir qu'il maintient à force de succès,
Et celui qu'aujourd'hui tant d'éclat environne
Peut perdre en même temps son nom et sa couronne.

CLONDICUS.

Si je connaissais moins votre fidélité,
Je pourrais soupçonner ce discours apprêté
De n'être pas celui d'un ami de son maître.
Sont-ce mes sentiments que vous voulez connaître ?
Les voici : Tous ces bruits vainement menaçants
Sont les derniers efforts d'ennemis impuissants.
Le sénat est vendu. Laodice, implacable,
Veut immoler un frère aux mânes d'un coupable.
Abusant du pouvoir et du titre de sœur,
Elle seule à la paix a contraint le vainqueur ;
Mais enfin, éclairé sur tant de perfidie,
Il vient ôter le sceptre à cette main impie.
Sur mon bras si sa haine a fondé quelque espoir,
C'est en vain, vous pouvez le lui faire savoir.
Déjà mes compagnons poursuivent le rebelle.
Ma présence bientôt secondera leur zèle.
Mais, seigneur, j'aperçois l'envoyé du sénat.

SCÈNE II.

ANTIMAQUE, *seul.*

Moi, chef des sénateurs, encenser un soldat !
Laodice prétend l'attacher à sa cause ;
Du cœur de ces Gaulois celui-là seul dispose
Qui de sang, qui de pleurs s'est énivré comme eux.

SCÈNE III.

ANTIMAQUE, STRATON.

STRATON.

Le bruit depuis hier répandu dans ces lieux
Vient d'être en ce moment redit à la princesse.
Oui, seigneur, elle sait qu'il paraît dans la Grèce
Un nouvel héritier.

ANTIMAQUE.

Elle sait!.. Je frémis.
Son cœur à nos conseils restera-t-il soumis.
Aveugle en sa fureur, cette femme hautaine
Déjà ne cache plus ni ses vœux ni sa haine;
Avec un tel espoir, que ne va-t-elle oser?
Quand le prince est vainqueur, croit-elle l'écraser!
Elle vient, à l'audace opposons la prudence.

SCÈNE IV.

LAODICE, ANTIMAQUE.

LAODICE.

De l'appui du Gaulois avez-vous l'assurance?

ANTIMAQUE.

Votre ennemi n'a pas de plus sûr défenseur.

LAODICE.

Eh! bien, qu'il suive donc le parti du vainqueur.
Au char de la fortune on n'est point infidèle.
Mais le triomphateur a trop compté sur elle.
Qu'il tremble, ce héros, qu'il pâlisse d'effroi.
Un juge ici l'attend, et ce juge, c'est moi.

ANTIMAQUE.

Ah! madame, craignez qu'une ardeur téméraire...

LAODICE.

C'est aux yeux de la sœur à connaître le frère.
Qu'il m'implore à son tour, son sort est dans mes mains.

ANTIMAQUE.

Les dieux sont contre nous.

LAODICE.

J'ai pour moi les Romains.

ANTIMAQUE.

Ces Romains sont vaincus!

LAODICE.

Ils en sont plus terribles:
Cléments dans le succès, et vaincus inflexibles,
Il ne faut pas les vaincre, il faut les écraser.

ANTIMAQUE.

Ce colosse orgueilleux peut enfin se briser.
Mais sur cet héritier avez-vous quelqu'indice?
Croyez-vous être sœur...

LAODICE.

Je serai sa complice.

ANTIMAQUE.

Quel est-il?

LAODICE.

Je ne sais. Il me sert, il suffit.

ANTIMAQUE.

Vous voulez couronner un esclave, un proscrit.
Qu'attendez-vous de lui? Quelle est votre espérance?

LAODICE.

Que le sang d'Antigone obtienne enfin vengeance!
C'est le vœu, le seul vœu que je forme aujourd'hui.

ANTIMAQUE.

De ce peuple opprimé, vous, le dernier appui,
Par de vaines fureurs vous hâtez sa ruine.
Descendez dans ce cœur que la douleur fascine.
L'époux que vous pleurez seul a causé sa mort,
Et si ce roi, l'objet d'un funeste transport,
Etait un frère....

LAODICE.

Non.

ANTIMAQUE.

Vous en doutez à peine.

LAODICE.

Non, non, il ne l'est pas, je le sens à ma haine.
Mon frère m'était cher. Jamais le triste jour
Où ce roi, ce tyran apparut à la cour,
Antimaque, peut-il sortir de ma pensée.
Mes yeux depuis quinze ans n'avaient pas vu Persée,

Il n'était pas encore étranger à mon cœur,
Je voyais dans mon maître un frère, un protecteur,
Et de mes premiers ans je gardais la mémoire.
On l'annonce, je cours.... Entouré de sa gloire,
Il paraît.... Quel pouvoir vint enchaîner mes pas?
Quel doute m'empêcha de voler dans ses bras?
Je ne sais; mais je crus que l'ombre de mon père,
Sanglante, me criait: Ce n'est pas là ton frère.
Pourtant je l'avouerai, ses vertus, sa valeur,
Antimaque, bientôt subjuguèrent mon cœur,
Son règne était heureux, je le crus légitime
Et je doutai longtemps s'il régnait par un crime.
Ah! pourquoi sa fureur osa-t-elle insulter
Celle qu'il devait craindre, ou du moins respecter!
Vous connaissez assez jusqu'à quel point sa rage
Osa me prodiguer le mépris et l'outrage:
Mes titres contestés, mes droits anéantis,
Mes amis les plus chers dépouillés et proscrits.
Enfin, ô jour affreux! sur de vagues indices,
Antigone, innocent, mourant dans les supplices.
Oui, tu seras vengé, je le jure par toi,
Chère ombre, ton bourreau fléchira devant moi.
Ce vainqueur insolent, d'une voix suppliante
Bientôt implorera ta malheureuse amante.
Mais repoussant ses vœux, mais sourde à sa douleur,
Je flétrirai son nom du surnom d'imposteur.

ANTIMAQUE.

Ah! cessez d'écouter la haine et la colère.
Attendez pour frapper un moment plus prospère;
Déjà ce malheureux, l'objet de votre espoir,
Poursuivi par le roi, bientôt en son pouvoir....

LAODICE.

Non, vous dis-je, il est libre, et j'en ai l'assurance;
De joindre les Romains il a quelqu'espérance;

Mais je veux que ce roi parvienne à le saisir;
Quand je le défendrai, qu'il ose le punir !
Ah ! ne m'accusez pas d'une folle entreprise,
Antimaque, le ciel aussi me favorise.
Delphe, Ephèse, Chalcis, vont combattre avec nous.
Si du roi cependant vous craignez le courroux,
Allez vous joindre à lui; j'oublîrai cette injure ;
Allez, vous le pouvez, sans devenir parjure,
Je vous rends vos serments et ne vous retiens pas.

ANTIMAQUE.

Non, je mourrai, madame, au rang de vos soldats.
J'ai prévu vos dangers, mais je vous suis fidèle;
Les efforts du sénat vous prouveront mon zèle.
Cependant au vainqueur qui revient en ces lieux
Sachez dissimuler ces transports furieux,
A se vaincre soi-même il est quelque courage.

LAODICE.

Je saurai maîtriser mon cœur et mon visage,
Ne craignez rien pour moi; mais il faut éclaircir
Le destin de celui que nous voulons servir.
Il prétend que Philippe... Ah! si c'était ce frère,
Ce frère malheureux exilé par mon père !
Si le ciel approuvait ma haine et mes projets !
Dieux ! si mon ennemi n'était que Déoclès !
Mais je me berce ici d'une vaine chimère.
Mon malheur est certain, et je n'ai plus de frère.
Avec moi du monarque interrogez le cœur.
Devant lui quand ma voix maudira l'imposteur,
Etudiez son front, contemplez sa figure;
Il est des sentiments que trahit la nature,
Antimaque, et qu'aux yeux on veut en vain cacher.
Déjà de ce palais il semble s'approcher,
Si j'en juge à ces cris d'amour et d'allégresse.

ANTIMAQUE.

De ce peuple séduit voyez quelle est l'ivresse.

LAODICE.

De même à son supplice on le verrait courir.
Ah! laissez ce vil peuple aujourd'hui l'applaudir;
C'est le lion dompté qui caresse sa chaîne,
Et l'amour est chez lui le repos de la haine.
On vient! Restez, seigneur, je ne veux pas sur vous
Attirer les soupçons de ce tyran jaloux.
Je reviendrai bientôt, trop tôt pour lui peut-être;
Ce qu'il fut, ce qu'il est, je saurai le connaître.

(Elle sort.)

SCÈNE V.

DÉOCLÈS, HARPALE, ANTIMAQUE, GARDES, PEUPLE.

DÉOCLÈS, *au peuple.*

Peuple, je suis touché de ces marques d'amour,
Et je bénis les Dieux qui, dans cet heureux jour,
De la patrie enfin daignent sécher les larmes.
La fortune propice a couronné nos armes,
Les Romains sont vaincus, et leur ambassadeur
Vient recevoir ici les décrets du vainqueur.
Le Crétois, l'Eléen, les peuples de Mycènes,
Thèbes, Corinthe, Argos, Lacédémone, Athènes,
Au bruit de nos succès rentrent dans le devoir.
La Samothrace entière est en notre pouvoir.
J'ai chargé le sénat d'assurer nos conquêtes
Et de faire aux vaincus oublier leurs défaites.

Que la Grèce, arrachée au joug de l'étranger,
Parmi ses bienfaiteurs puisse enfin me ranger;
Que j'assure sa gloire et votre indépendance,
Tels sont de mes efforts le but et l'espérance,
Allez...

(Le peuple sort, les gardes s'éloignent.)

Vous, Antimaque, annoncez au sénat
Que je veille au salut du trône et de l'Etat.
Que ce fourbe insensé que craignait sa prudence,
Trompé dans ses desseins, à sa perte s'avance.
Que par mes soins bientôt remis entre ses mains,
Ils puniront en lui le crime des Romains.

SCÈNE VI.

DÉOCLÈS, HARPALE.

DÉOCLÈS.

Enfin, nous sommes seuls. Que leur bruyante joie
Aigrissait les douleurs où mon ame est en proie!
Mes efforts étaient vains pour abuser leurs yeux.
Ah! que dissimuler est un supplice affreux!

HARPALE.

Si la Grèce voyait ce héros qu'elle admire,
Méconnaissant les Dieux, céder à son délire,
O prince! quel serait son juste étonnement.
Et c'est un malheureux, méprisable instrument,
Ressort vil et grossier d'une impuissante rage,
Qui du plus grand des rois étonne le courage.
Du rival suscité contre vous aujourd'hui
Laodice, seigneur, est le guide et l'appui,

Cette intrigue est le fruit de sa haine implacable.
Mais on peut aisément confondre le coupable,
Et l'aveu d'un complot, que vous devez punir,
Contre d'autres soupçons défendra l'avenir.

DÉOCLÈS.

Punir !.. La sœur des rois, la Grèce tout entière,
A l'instant me crierait, vous n'êtes pas son frère.

HARPALE.

Oui, la Grèce la craint, je le sais, mais, seigneur,
Quand le prince n'est plus, qu'espère sa fureur ?

DÉOCLÈS.

Comme toi j'avais cru que l'héritier du trône
Avait cessé de vivre, Harpale; et la couronne,
Quand j'étais sans remords, semblait un poids léger.
A d'horribles secrets trop longtemps étranger,
J'ignorais que mon règne eut fait une victime.
Calligène, avec soin, m'avait caché ce crime;
Il fallut que sa mort vînt dessiller mes yeux.
O souvenir d'horreur ! Depuis ce jour affreux,
Ce jour qui me ravit l'innocence et mon père,
Le sommeil un instant n'a pas clos ma paupière.
Six mois sont écoulés. Si j'ai pu t'abuser...
C'était un père, ami, qu'il fallait accuser.
Mais écoute et frémis : je marchais vers Mycène,
Lorsque Léodamas m'apprend que Calligène
Veut me communiquer un important secret ;
Je reviens à Pella. Calligène expirait.
Dans les convulsions d'un horrible délire,
Sa voix n'avait de force, ami, que pour maudire.
Des mots entrecoupés de glaive, de poison,
De chaînes, de cachots, étonnaient ma raison ;

Il semblait qu'un remords terrible, épouvantable,
Le pressât, l'accablât sous son poids effroyable.
Dans mes veines mon sang se glaçait de terreur;
J'éloignai les témoins d'une scène d'horreur,
Et seul auprès de lui, dans son regard farouche,
Les sanglots que la mort arrachait de sa bouche,
Frémissant, je cherchai l'affreuse vérité.
Son esprit un instant parut moins agité:
« O mon fils, me dit-il, sur ma tête coupable
» Les Dieux ont prononcé l'arrêt irrévocable.
» Je meurs, que sur moi seul puissent tomber leurs coups.
» O fils infortuné, détourne leur courroux!
» Redoute les serpents des noires Euménides,
» Redoute les tourments vengeurs des parricides.
» Le fils de nos rois vit. » Lors je n'entendis plus
De cris et de sanglots qu'un mélange confus.
Il semblait me presser de réparer son crime,
Harpale, quand la mort vint frapper sa victime.

HARPALE.

Quelques mots prononcés par un vieillard mourant
Sont du sort de Persée un bien faible garant.

DÉOCLÈS.

Mais pour me confirmer ce funeste mystère,
La tombe, oui, la tombe, a cessé de se taire.
Cette nuit je veillais... Devant moi se dressant
Un spectre!... Qu'il était terrible, menaçant!
Ma douleur hésitait à reconnaître un père.
Harpale, c'était lui. D'une voix funéraire:
« Le fils de nos rois vit. »

HARPALE.

Quoi! Seigneur...

DÉOCLÈS.

Près de moi,
Harpale, il est encor, je l'entends, je le voi.

HARPALE.

Le souvenir du fourbe...

DÉOCLÈS.

Eh! bien, si Laodice,
De ce fourbe aujourd'hui devenait la complice,
Aux yeux de tous les Grecs, si sa haine... grands Dieux!
Et je ne puis briser un pouvoir odieux.
Cette femme toujours partagera le trône!
Que dis-je, dans ses mains, elle tient la couronne;
Le peuple, les soldats, Rome ont les yeux sur nous,
Elle peut contre moi d'un mot les armer tous.
Et si cet adversaire était le vrai Persée,
Si ses droits... éloignons cette horrible pensée,
Non, non, le roi n'est plus; de ce lâche imposteur
Tout le sang répandu vengera ma douleur.
Du sang! Grands Dieux! Punir le crime que moi-même...
Hélas! en ce moment, funeste diadême,
Que tu me sembles lourd! D'un trône que je hais
Que ne puis-je descendre et retrouver la paix?

HARPALE.

Si vous en descendiez, oui, vous seriez coupable.
Livrerez-vous ce peuple au parti qui l'accable?
Abandonnerez-vous la patrie aux Romains?

DÉOCLÈS.

Aux Romains! que les Dieux remplissent mes destins,
Mais quel que soit mon crime, avant que je l'expie,
Que je puisse à mes pieds fouler cette aigle impie,

Cette aigle si longtemps teinte du sang des rois !
Va, contre les Romains je défendrai mes droits.
Je leur donne la paix; mais qu'ils craignent la guerre.
Philippe à Déoclès a légué sa colère :
Brennus et les Gaulois, les armes à la main,
Déjà du Capitole ont montré le chemin.
La paix n'est pas conclue, avec le jour expire
La trêve où leurs complots m'ont forcé de souscrire.
Que Marcius surtout se garde d'oublier
Que jamais devant l'aigle on ne m'a vu ployer,
Qu'il lui faut d'un tribun déposer l'insolence
S'il veut que dans ces murs je souffre sa présence.
Mais au tombeau d'un père, allons offrir des vœux ;
S'il fut coupable, ami, doit-il l'être à mes yeux !

FIN DU PREMIER ACTE.

ACTE II.

—

SCÈNE PREMIÈRE.

DÉOCLÈS, HARPALE.

DÉOCLÈS.

Au fond de ton cercueil, Calligène, ô mon père!
Laissons enseveli cet horrible mystère.
Si grands que soient les maux qui peuvent m'accabler,
Ce n'est jamais ton fils qui doit le révéler.

SCÈNE II.

DÉOCLÈS, HARPALE, ANTIMAQUE.

ANTIMAQUE.

J'ai transmis au sénat, prince, votre message,
Il louait le héros, il a béni le sage.
Il vient vous rendre grâce. A vous, à vos bienfaits,
La Grèce doit sa force et va devoir la paix.
Vous avez égalé la gloire d'Alexandre:
Il agrandit l'Etat, vous l'avez su défendre,
Vous avez vaincu Rome, et, pour comble d'honneur,

Rome, Rome vaincue implore son vainqueur.
Accordez cette paix, conquise par la gloire,
Jouissez du repos, fruit de votre victoire;
C'est le vœu d'un sénat, dont la fidélité,
Dont le zèle constant...

DÉOCLÈS.

De sa sincérité
Je ne veux pas douter. Je crois qu'à la patrie
Ici nous avons tous dévoué notre vie.
Que de vils intérêts, que la soif du pouvoir
N'ont fait à nul de vous oublier son devoir,
Que vous saurez enfin, défenseurs de mon trône,
M'aider à supporter le poids de ma couronne.
J'y compte. L'étranger, quand nous avons vaincu,
Voudrait nous diviser. Son vœu sera déçu.
Opposons l'union à ses efforts perfides,
Arrachons la patrie à des mains parricides,
Prouvons à l'Univers qu'il est un peuple encor
Qui de son innocence a gardé le trésor,
Pour qui la liberté n'est pas le droit du crime,
Qui veut un maître, un père et non une victime.

SCÈNE III.

DÉOCLÈS, ANTIMAQUE, HARPALE, LAODICE, SUITE DE LAODICE.

LAODICE.

Aux vœux d'un peuple entier je viens unir mes vœux,
Seigneur; tout retentit de ce nom glorieux,
Du nom du fils des rois, d'un nom cher à la Grèce,
D'un nom si digne enfin de toute ma tendresse.

Quels seraient de Philippe et la joie et l'orgueil,
De ce père chéri, si du fond du cercueil
Il voyait par son fils, par cet heureux Persée,
L'aigle qui le bravait vaincue et terrassée!
La justice, la paix, régnant dans ses États,
L'imposture, la fraude, et leurs noirs attentats
Dévoilés et punis au sein de la cour même,
Et l'éclat des vertus ornant le diadème.
Fille du même sang, jugez de ma douleur,
Seigneur, en apprenant qu'un infâme imposteur
Insolemment osait d'un prince magnanime,
De vingt rois ses ayeux héritier légitime,
D'un frère de Persée usurper le beau nom.

DÉOCLÈS.

Eh bien! qu'espère-t-il de cette trahison?
En usurpant mon nom, usurpe-t-il ma gloire,
L'amour de mes sujets, gage de la victoire?
Usurpe-t-il mes droits? Ah! de l'honneur du roi,
Du salut de l'Etat, reposez-vous sur moi,
Madame; l'insensé qui fomente la guerre,
Pour remplir son destin, n'a plus qu'un pas à faire.

LAODICE.

Déjà les Dieux, seigneur, le livrent à vos coups.
On dit que Clondicus l'amène devant vous,
Que l'on a du complot une preuve certaine,
Enfin que l'imposteur est fils de Calligène.

DÉOCLÈS.

Calligène!

LAODICE, *à part à Antimaque.*

Voyez... son trouble, et vous doutez?

DÉOCLÈS.

Il n'eut qu'un fils, madame, il n'est plus.

LAODICE.

Ecoutez.
Déoclès, c'est ce fils, avait perdu la vie,
Disait-on. Il vivait, il trompait sa patrie.
Héritier du forfait d'un père ambitieux,
D'un vieillard ennemi des hommes et des Dieux...

DÉOCLÈS.

Madame, d'un guerrier qu'on respecte la cendre.

LAODICE.

Pour lui qui vous inspire un intérêt si tendre?

DÉOCLÈS.

A ma reconnaissance, ah! n'a-t-il pas des droits?
Si j'ai quelques vertus, à lui seul je les dois.
Lui seul a soutenu, protégé mon enfance,
Guidé mes premiers pas, mon inexpérience,
Dirigé ma raison par ses sages avis,
M'a rendu digne enfin de ce trône où je suis.
Et c'était lorsque seul, sans appui sur la terre,
Quand vous même oubliiez que vous aviez un frère,
Qu'un sujet, qu'un vieillard me prodiguait ses soins.
Si quelqu'autre que vous, les Dieux en sont témoins,
Eut osé..... tout son sang eut lavé cette offense.

LAODICE.

Ces titres sont sacrés, et la reconnaissance,
Seigneur, est un devoir. Le nom de l'imposteur
Seul, contre Calligène, a révolté mon cœur.

Oui, le seul Déoclès a droit à ma vengeance,
Il était, disait-on, l'ami de votre enfance;
On prétend qu'autrefois vous sauvâtes ses jours,
Et c'est lui qu'aujourd'hui, par de lâches détours,
Monstre d'ingratitude, on voit dans sa furie
Frapper son bienfaiteur et menacer sa vie.
Quel supplice assez grand mérite un tel forfait!

DÉOCLÈS.

Quel que fut Déoclès, il n'est plus. S'il vivait,
C'est aux lois, non à vous, d'ordonner son supplice.

LAODICE.

Quoi! je n'ai pas le droit de demander justice,
Quand le nom de Philippe est ainsi profané,
Oubliez-vous le sang duquel vous êtes né?
Le sang de tant de rois, ce sang, notre héritage,
Ce sang, dont la couronne est le noble apanage.
Quoi! de l'auguste nom qu'il devait révérer,
Un sujet, un esclave osera se parer!
On verra le soldat, sorti de la poussière,
Parmi les souverains lever sa tête altière,
Et ma haine...

DÉOCLÈS.

Et quel est.....

(Harpale fait un mouvement vers Déoclès. Déoclès se contraignant :)

Oui, je dois le punir,
Mais du nom d'un soldat pourquoi donc vous servir?
Je suis soldat aussi, madame, et m'en fais gloire;
J'en ai conquis le titre au champ de la victoire;
Le sceptre quelquefois fut le prix des vertus,
Et le trône jamais n'est le droit des vaincus.

LAODICE.

Philippe! est-ce ton fils qui tient un tel langage?
Si le trône, seigneur, est le prix du courage,
Devant chaque soldat, si le sceptre est jeté
Comme une proie offerte à la témérité,
Si le glaive est le droit dans la main triomphante,
Les cours ne seront plus qu'une arène sanglante
Où les gladiateurs, en d'infâmes combats,
Joûront le sang du peuple et le sort des Etats;
Ah! ne détruisez pas ce respect salutaire
Que les enfants des rois inspirent à la terre;
La légitimité, la plus sainte des lois,
Est le repos du monde et le salut des rois.

DÉOCLÈS.

Le roi chéri du peuple est toujours légitime.
(Harpale s'avance vers le roi.)

LAODICE.

Légitime! jamais le fût-on par un crime?

DÉOCLÈS.

Ce crime quel est-il? Qu'on l'ose désigner!

LAODICE.

Celui de l'imposteur que l'on veut épargner,
Seigneur. J'ai défendu les droits du diadême,
Je les ai défendus contre mon frère même,
Et ce que j'ose ici vous prouve mon amour.

DÉOCLÈS.

Pourquoi vous abaisser à ce honteux détour?
Ne vous imposez pas une pénible chaîne,

Madame; franchement avouez votre haine.
En haïssant on peut montrer un noble cœur:
Jusques dans la vengeance il est de la grandeur.
Dites qu'à cet époux qu'a puni ma justice
Votre rage promit un sanglant sacrifice;
Dites que vous voulez à ce traître aujourd'hui
Sacrifier le trône et moi-même avec lui.
Parlez, impunément, défiez ma colère,
Je n'ai pas oublié que je suis votre frère.

LAODICE.

Je ne tenterai pas de me justifier;
Mais d'imprudents avis sachez vous défier,
Seigneur; il est ici des conseillers peut-être
Qui n'ont pas ce respect pour le sang de leur maître
Et d'un juste pouvoir ennemis dangereux.

DÉOCLÈS.

S'il en est, je saurai me défendre contre eux.

SCÈNE IV.

DÉOCLÈS, LAODICE, HARPALE, ANTIMAQUE, CLONDICUS, SUITE.

CLONDICUS.

Votre ennemi, seigneur, est en votre puissance.

LAODICE.

Je ne vous donnais pas une vaine espérance,
(à Clondicus.)
Mais tous ses partisans ont-ils été vaincus?

CLONDICUS.

Dès qu'il fut malheureux, son parti n'était plus.
Abandonné de tous, seul contre la tempête,
De lui-même, au vainqueur, venant offrir sa tête:
Frappez, nous a-t-il dit, oui, je suis votre roi!
Un Grec levait le fer: je ne sais quel effroi
A retenu son bras, ou du fourbe complice,
S'il voulait le servir par ce lâche artifice.

DÉOCLÈS.

Sait-on quel est ce Grec?

CLONDICUS.

En vain je l'ai cherché.
Dans le camp des Romains on dit qu'il est caché.

DÉOCLÈS.

Poursuivez.

CLONDICUS.

Mes soldats, animés au carnage,
Déjà sur l'imposteur avaient tourné leur rage.
Je l'ai sauvé.

HARPALE.

Pourquoi cet intérêt si grand?

DÉOCLÈS.

On ne doit pas frapper l'ennemi qui se rend.

CLONDICUS.

Une foule inquiète entourait la victime.
Vos guerriers à grands cris lui reprochaient son crime.

LAODICE.

Il s'indignait sans doute?

CLONDICUS.

Il invoquait les Dieux;
Des larmes paraissaient s'échapper de ses yeux.

LAODICE.

Quoi! tant de lâcheté! (*à part.*) Ce n'est pas là mon frère.
(Haut.)
Sous la pourpre des rois s'offrait-il au vulgaire?

CLONDICUS.

Les signes du malheur le couvrent tout entier.
On peut apercevoir, sous son manteau grossier,
De fers longtemps portés l'horrible cicatrice.

LAODICE, *à part.*

Qu'entends-je!

DÉOCLÈS, *à part.*

Chaque mot augmente mon supplice.

LAODICE.

Son âge, sa figure?

CLONDICUS.

Un front décoloré,
Une démarche lente, un aspect égaré,
Les yeux mornes, éteints; il semble qu'avant l'âge
La vieillesse ait gravé ses traits sur son visage.

LAODICE.

La vieillesse?

CLONDICUS.

A la Grèce il paraît étranger.

LAODICE, *à part.*

Etranger !

CLONDICUS.

Sans pâlir il brava le danger.
Maintenant accablé du poids de sa misère,
Objet de la pitié...

LAODICE, *à part.*

Ce n'est pas là mon frère.

DÉOCLÈS, *à part.*

Ah! le fils de Philippe avait le cœur plus grand.

HARPALE, *à part au roi.*

Est-ce donc là, seigneur, ce rival menaçant?

CLONDICUS.

De quelques noirs complots, imprudente victime,
Il semble renoncer à déguiser son crime.

LAODICE.

Eh bien! pourquoi tarder? Donnez l'ordre, seigneur,
Qu'on amène à l'instant cet esclave imposteur.
Qu'il paraisse. Je puis servir à le confondre.

HARPALE.

D'un peuple audacieux qui de nous peut répondre?
Le parti le plus juste est ici le plus sûr.
Que loin de tous les yeux un châtiment obscur...

LAODICE.

Le crime est éclatant, le châtiment doit l'être.

DÉOCLÈS.

Il le sera, madame; oui, quel que soit le traître.
Je ne me venge point par de noirs attentats.
Votre frère punit et n'assassine pas.
(à Clondicus.)
Dérobez le coupable à la foule inhumaine,
Qu'ici dans mon palais à l'instant on l'amène.
(Clondicus sort.)

SCÈNE V.

DÉOCLÈS, HARPALE, LAODICE, ANTIMAQUE, STRATON, SUITE.

STRATON.

Le sénat, empressé de vous offrir ses vœux,
Tout entier se présente et marche vers ces lieux,
Seigneur.

DÉOCLÈS.

Au pied du trône, allez, qu'on le conduise.
(Straton sort.)
Je vous l'ai dit, madame, il faut avec franchise
M'aimer ou me haïr. Servez votre pays,
Ou bien allez combattre avec ses ennemis.
(Déoclès et Harpale sortent.)

SCÈNE VI.

ANTIMAQUE, LAODICE, SUITE.

LAODICE.

Oui, tu trembles, tyran, je suis déjà vengée,
Respirons. De quel poids mon ame est soulagée !
S'il eût été mon frère, oh ! croyez que mon cœur
N'aurait pu le haïr avec tant de fureur.
Non, non, il ne m'est rien. Etranger à ma race,
Son sang n'est pas mon sang. Dieux, je vous en rends grâce.
Sans crime, je puis donc vous demander sa mort.
La haine et la justice aujourd'hui sont d'accord.
Plus de doute, Antimaque, au nom de Calligène,
Avez-vous vu son trouble et sa douleur soudaine ?
Avez-vous vu la rage éclater dans ses yeux,
Quand j'ai maudit le nom d'un vieillard odieux !
Cet accent filial, ce cri de la nature,
Cet effroi sont pour moi l'aveu de l'imposture.
Mais quel est l'inconnu qui paraît aujourd'hui ?
Saura-t-il mériter vos vœux et mon appui ?
Misérable instrument de la haine étrangère,
En lui j'ai peu d'espoir de retrouver un frère.
Persée aurait montré plus de force et d'orgueil.
L'héritier de Philippe est au fond du cercueil.
Hélas ! quels sont les bords où repose sa cendre ?
Est-il même un tombeau pour le fils d'Alexandre ?
Tandis que sur la pourpre un vil usurpateur
Etale son orgueil et brave ma douleur,
O mon frère, tes os, vains jouets de l'orage,

Implorent la pitié de rivage en rivage...
Pourquoi nourrir encore un stérile regret?
Est-ce à moi de pleurer quand un vengeur paraît ?
Il vient, il vient enfin, et le tyran lui-même,
Semble à son ennemi livrer le diadême.

(A Antimaque.)

Dès qu'il approchera, vous viendrez m'avertir.
Ce qu'il fut, ce qu'il est, je dois l'approfondir.
Ah ! si le ciel propice, et malgré l'apparence...
Mais sachons repousser une fausse espérance.
Le destin dans ce jour a fait assez pour moi.

(Aux officiers de sa suite.)

Déjà les sénateurs sortent de chez le roi;
Unissons nos efforts, les succès en dépendent.
Allez, que dans le temple à l'instant ils se rendent.
Qu'ils apprennent de vous que cet ambassadeur,
Marcius, a souscrit au traité protecteur,
Ce traité glorieux, fruit de votre prudence,
Qui rend la Macédoine à son indépendance.
Vos malheurs vont finir, et quel que soit celui
Que les Dieux à régner appellent aujourd'hui,
Vous ne fléchirez pas sous un joug despotique.
Tout ce peuple, ennemi du pouvoir monarchique,
Servira nos projets. A ce grand changement,
Sans bruit on le prépare. Un vaste mouvement,
Par mes soins, dans ces murs en ce moment s'apprête.
Bientôt sur ce palais grondera la tempête.
Secondez mes efforts, que Cléon, qu'Amyntas,
Paraissent dans le camp, haranguent les soldats.
Vous, aux pieds des autels, allez, fils de la Grèce,
Entendre Marcius confirmer sa promesse.

FIN DU DEUXIÈME ACTE.

ACTE III.

—

SCÈNE PREMIÈRE.

PERSÉE, CLONDICUS, GARDES.

(Persée est enchaîné, couvert d'un vêtement grossier. Il paraît accablé sous le poids du malheur. Tandis que Clondicus lui parle, il est immobile, insensible.)

CLONDICUS.

Vous êtes dans ces murs à l'abri du danger.
Avant de vous punir, le roi veut vous juger,
Et vous pouvez encor mériter sa clémence.
Vous serez par Harpale admis en sa présence.
Je vais le prévenir. Veillez sur lui, soldats.

SCÈNE II.

PERSÉE, GARDES.

PERSÉE, *après un moment de silence.*

Où suis-je ? dans quels lieux a-t-on conduit mes pas ?
Des fers ! encor des fers ! quoi ! toujours l'esclavage ?
Que la bonté des Dieux soutienne mon courage.
Hélas ! jusqu'à ce jour, avec tant de douleur,
Je n'avais pas senti le fardeau du malheur.

Liberté ! que déjà ta douceur m'était chère !
Libre, est-on malheureux? J'oubliais ma misère.
Ces instants furent courts, des cachots, des bourreaux,
Et pas un seul ami qui pleure sur mes maux.
Reposons un moment; c'est le dernier, peut-être,
Qu'à la clarté du ciel on me laisse paraître.

(Il lève les yeux.)

Je suis dans un palais ?...... Ces somptueux lambris
D'un souvenir confus ont frappé mes esprits.

(Il regarde les statues des rois de Macédoine qui l'entourent.)

Ces images pour moi ne sont pas étrangères,
Suis-je donc au milieu des ombres des mes pères ?

(Il s'arrête au pied de la statue de Philippe.)

Ces traits...... Ces attributs...... Il semble que d'un roi,
Oui...... je te reconnais, ô Philippe...... C'est toi.

(Il se jette à genoux.)

Mon père, un imposteur est assis sur ton trône.
Il a ravi mon nom, mon sceptre, ma couronne.
Pendant dix ans, sa rage étouffant mes sanglots,
A retenu ton fils dans le fond des cachots.
Par un nouveau forfait couronnant son audace,
Il veut exterminer le dernier de ta race.
Mon père, sauve-moi de tant d'iniquité,
Brise ces fers honteux, rends-moi la liberté.
Mon père, il n'est que toi, que toi seul sur la terre
Qui puisses de Persée alléger la misère.
Ah ! tu souffres des maux que l'on me fait souffrir !
Oui, ton sceptre s'agite et je te vois frémir.
Mon père, tous les rois s'arment pour nous défendre,
Je vois, je vois briller le glaive d'Alexandre.
Démétrius s'avance, et de son bouclier,
Le grand Antiochus me couvre tout entier.
Grands Dieux ! me rendez-vous le sceptre de la Grèce ?
Quels sont ces cris joyeux, ces accents d'allégresse ?
Est-ce moi que le sort après tant de rigueurs,

Tant de larmes, de maux, comble de ses faveurs.
Je vous rends grâce, ô Dieux, votre main secourable...
Que ces fers sont pesants! et que leur poids m'accable;
La fatigue... la faim... je me sens défaillir,
O mon père, à tes pieds, me laisses-tu mourir?

(Il s'appuie au pied de la statue de Philippe.)

SCÈNE III.

PERSÉE, HARPALE, CLONDICUS, GARDES.

HARPALE, *aux gardes.*

Ce fourbe, de Philippe embrasse la statue.

PERSÉE.

C'est mon père, pourquoi me priver de sa vue?

HARPALE, *à part.*

Qu'entends-je... Cette voix... Oui, son âge, ses traits...
Il serait... se peut-il? Malheureux Déoclès!
Sous ses habits grossiers, s'il allait reconnaître...

(Haut.)

Dans la tour du palais qu'on enferme ce traître,
Que soustrait aux regards, son aspect odieux,
D'un peuple triomphant n'afflige pas les yeux.
Votre juste courroux a demandé sa tête,
Par les ordres du roi, son jugement s'apprête.

(Les gardes emmènent Persée.)

SCÈNE IV.

HARPALE, CLONDICUS.

HARPALE, *à Clondicus qui s'apprête à sortir.*

Arrêtez, Clondicus; comptant sur votre foi,
Le monarque, aujourd'hui, vous désigne avec moi,
Parménide et Bion, pour juger un grand crime.

CLONDICUS.

Moi, seigneur!

HARPALE.

Vous. Signez l'arrêt de la victime.

CLONDICUS.

L'arrêt!

HARPALE.

Eh bien?

CLONDICUS.

L'arrêt!... Et qui l'a prononcé?

HARPALE.

Qui! (*Il signe.*) Tous; dans cet écrit, vous le verrez tracé.

CLONDICUS.

Eh quoi! vous me disiez, seigneur, que j'étais juge.

HARPALE.

Juge et non défenseur, fidèle et non transfuge.

CLONDICUS.

Sans l'avoir entendu, je ne puis condamner.

HARPALE.

Voulez-vous le sauver?

CLONDICUS.

Dois-je l'assassiner?

HARPALE.

Est-on un assassin en punissant un traître?

CLONDICUS.

Eh bien! sa trahison au grand jour doit paraître.

HARPALE.

Ne paraît-elle pas? Quel étrange soupçon!
Quel est donc le coupable?.. Est-ce votre roi?

CLONDICUS.

Non;
Mais je ne dois ici de compte qu'à moi-même.

HARPALE.

Le roi pourra punir cette insolence extrême.

CLONDICUS.

Il ne punira pas qui respecte les lois.

HARPALE.

Du prince et du sujet en confondant les droits,
Un soldat oserait avilir la couronne?

CLONDICUS.

Un soldat osera ce que l'honneur ordonne.

HARPALE.

De l'honneur, comme vous, je connais le devoir.

CLONDICUS.

C'est en le respectant que vous le ferez voir.

HARPALE.

Eh quoi! c'est un barbare, un Gaulois mercenaire.

CLONDICUS, *mettant la main à son épée.*

Arrêtez. D'un Gaulois redoutez la colère;
J'engageai, je le sais, mon courage à ce roi;
Mon épée est à lui, mon honneur est à moi,
Je ne l'ai pas vendu.

HARPALE.

Pour l'intérêt d'un maître,
Cessons ces vains débats qu'il ne doit pas connaître;
N'offensons pas sa gloire. Assez d'autres sans vous,
Unis contre un danger qui nous menace tous,
En frappant l'imposteur, serviront sa justice;
Je veux vous délivrer d'un trop pénible office.
Qu'Antimaque à l'instant, chargé du prisonnier,
Vous laisse à d'autres soins plus dignes d'un guerrier.

SCÈNE V.

HARPALE, *seul.*

Généreux Déoclès! ô guerrier magnanime!
Toi-même, sous tes pas, tu vas creuser l'abîme;
Tu vas sauver celui... S'il le voit, c'en est fait;
Son repos est détruit. La crainte d'un forfait...

Oui, je dois à tout prix à ses yeux le soustraire;
(Il s'apprête à sortir, il aperçoit le roi.)
Il vient, il est trop tard, du moins sachons lui taire...

SCÈNE VI.

HARPALE, DÉOCLÈS.

DÉOCLÈS.

Pourquoi le prisonnier n'est-il pas devant moi?

HARPALE.

L'aspect d'un malheureux eut affligé le roi.

DÉOCLÈS.

Jamais des malheureux je n'ai fui la présence.

HARPALE.

L'horreur de son forfait repousse l'indulgence;
Il n'a pas désiré paraître devant vous.

DÉOCLÈS.

Quoi! lorsque ma pitié veut détourner les coups...

HARPALE.

L'éclat de la grandeur est triste à l'infamie;
Il confesse son crime et demande la vie.

DÉOCLÈS.

Il confesse son crime.

HARPALE.

Oui, plus sage aujourd'hui...

DÉOCLÈS.

Il confesse son crime, ah! ce n'est donc pas lui!
Ce n'est pas lui!.. Grands Dieux.. je vis donc.. je respire;
Il semble qu'éveillé d'un horrible délire...
(Après un moment de silence.)
Me serais-je souillé d'un forfait si cruel?
Quelle épreuve!... Il en est au-dessus d'un mortel.
Si dans mon désespoir... lâchement homicide...
Homicide! que dis-je! ingrat et parricide.
Des hommes et des Dieux contre moi réunis,
La haine...

HARPALE.

Eussiez-vous donc préféré leur mépris?
Et d'un nom odieux...

DÉOCLÈS.

Ecartons ces images,
Ne livre pas mon ame à de nouveaux orages.
A la Grèce aujourd'hui je veux donner la paix.
Je veux que mes sujets comptent par mes bienfaits
Ces jours qu'ils n'ont encor compté que par des larmes.
Avec eux j'ai pleuré le succès de mes armes,
J'ai regretté ce temps où d'intérêt unis,
Les Grecs n'étaient vaillants qu'envers leurs ennemis.
Faisons-leur oublier les fureurs de la guerre;
Méritons les doux noms de sauveur et de père.
Assemble nos guerriers, va, que du criminel
Ils entendent l'aveu, qu'un arrêt solennel
Proclame l'imposture et sa vaine espérance,
Qu'on fasse au peuple entier connaître la sentence,
Le coupable, le sort qu'il avait mérité,
Et que le malheureux soit mis en liberté.

HARPALE.

Vous vous vengez ainsi ? Cet excès d'indulgence...

DÉOCLÈS.

Le pardon est souvent la plus sûre vengeance.

HARPALE.

L'impunité toujours enfante le forfait.

DÉOCLÈS.

Eh bien ! qu'il me punisse un jour de ce bienfait,
Qu'il rende ma clémence à moi-même fatale,
Je ne veux pas punir, je ne le puis, Harpale.
Mon ordre t'est connu, qu'il soit exécuté.

HARPALE, *à part.*

Ah ! ne l'arrachons pas à sa sécurité.
Il faut de sa vertu que ma main le défende,
Qu'il ignore à jamais. . .

SCÈNE VII.

DÉOCLÈS, HARPALE, ANTIMAQUE.

ANTIMAQUE.

Le prisonnier demande
A vous entretenir.

DÉOCLÈS.

Que veut-il ?

ANTIMAQUE.

Il prétend
Devoir vous révéler un secret important.

DÉOCLÈS.

Qu'on l'amène.

HARPALE.

Seigneur, souffrez que je m'assure
Que ce fourbe n'a point ourdi quelqu'imposture,
Que par un aveu feint, quelque fausse clarté,
Il ne veut pas du roi surprendre l'équité.

DÉOCLÈS.

Je dois l'entendre. Allez.

SCÈNE VIII.

DÉOCLÈS, HARPALE, GARDES.

HARPALE.

En le faisant paraître,
Vous réveillez, seigneur, l'espérance du traître;
Qui sait, à ses discours, si des doutes affreux
Ne vont pas assaillir votre cœur généreux,
Si vous repousserez une vaine apparence,
Si vous écouterez la voix de la prudence ?
Il en est temps encor, ô mon maître ! ô mon roi,
Au nom de tout le sang que j'ai versé pour toi.
Au nom de l'amitié, du serment qui nous lie,
Fuis cet aspect funeste, Harpale t'en supplie.

DÉOCLÈS.

Cesse de craindre, ami, pour ma tranquillité.
Quel que soit l'imposteur, qu'il parle en liberté,
Contre un prestige vain son aveu me rassure ;
Non, je ne serai pas jouet d'une imposture,
L'image de Persée est présente à mes yeux.

HARPALE.

Eh bien ! apprenez donc.. On approche ! Grands Dieux !

SCÈNE IX.

DÉOCLÈS, HARPALE, PERSÉE, ANTIMAQUE, GARDES.

(Au moment où Persée entre sur la scène et que les gardes qui l'entourent se sont écartés, Déoclès avance brusquement vers lui. Il le regarde, il fait un mouvement et étouffe un cri.)

DÉOCLÈS.

Qu'on me laisse. (*A Persée.*) Restez.

(Déoclès tombe dans un fauteuil. Il se couvre la tête de son manteau. Il reste un moment dans cette situation. Persée est immobile devant lui.)

SCÈNE X.

DÉOCLÈS, PERSÉE.

DÉOCLÈS.

Approchez-vous, Persée.
(A part.)
Comme dans tous ses traits l'infortune est tracée !
(Haut.)
Vous désirez me voir, que voulez-vous de moi ?

PERSÉE.

Quels accents ! Quels regards ? Déoclès, est-ce toi ?
(Il veut presser dans ses bras Déoclès qui le repousse.)

DÉOCLÈS.

C'est moi.

PERSÉE.

Toi, Déoclès ! Tu n'es donc pas ce traître
Qui se pare du nom, du sceptre de son maître?

DÉOCLÈS.

Ce traître!.. je le suis.

PERSÉE.

Non, non, tu ne l'es pas!

DÉOCLÈS, *se levant.*

Oui, je le suis, te dis-je, et peut-être ce bras...

PERSÉE.

Ami, je ne crains rien. Ton ame magnanime,
Déoclès, fut toujours incapable d'un crime.
Cet horrible penser n'a pas souillé ton sein.

DÉOCLÈS.

Nul ne peut se soustraire aux arrêts du destin.

PERSÉE.

Le destin ici-bas ne fait pas le coupable.

DÉOCLÈS.

Il nous tend quelquefois un piége inévitable,
Et le plus vertueux ne sait pas si demain
Il ne deviendra pas un traître, un assassin.

PERSÉE.

N'offense pas les Dieux par cet affreux langage.

DÉOCLÈS.

Nous serons tous les deux victimes de leur rage;
Tu mourras, fils des rois, tu mourras innocent,
Et moi, couvert d'opprobre et souillé de ton sang.

PERSÉE.

Ils nous préserveront d'un sort si déplorable;
Tu ne connais donc pas leur bonté secourable,
Elle suit le malheur jusque dans les déserts,
Elle défend le faible.

DÉOCLÈS.

Et tu portes des fers.

PERSÉE.

Je ne les sentais plus, je revoyais mon frère.

DÉOCLÈS.

Ah! par ces mêmes Dieux j'implore ta colère.
Déteste ton bourreau, maudis ton oppresseur;
Ta cruelle bonté, ta barbare douceur
Sont de tous les tourments le plus insupportable.
Oui, je l'ai mérité, que ta haine m'accable;
Je t'ai ravi tes droits, je t'ai ravi ton nom;
Parjure à l'amitié, monstre de trahison,
C'est peu dans ma fureur de t'arracher la vie,
Je veux à ton cercueil attacher l'infamie.
Eh bien! vois maintenant si tu dois me chérir.

PERSÉE.

Je te plains, Déoclès, et ne peux te haïr,

Non, je ne le puis pas; des nœuds de notre enfance
En cet instant je sens la force et la puissance.
Toi-même vainement veux les anéantir,
L'ivresse du pouvoir ne peut t'en affranchir.

DÉOCLÈS.

L'ivressse du pouvoir! Crois-tu que la couronne
Soit un si grand bienfait? Va, ce sceptre, ce trône.
Cet éclat, ces grandeurs, objets de tant de vœux,
Souvent nous sont donnés par le courroux des Dieux.
Le fardeau du remords est plus lourd que ta chaîne.
J'en atteste ces Dieux dont me poursuit la haine,
Du sceptre ou de ces fers que supportent tes bras,
Si j'avais à choisir, je n'hésiterais pas.
Ton sort, fils de Philippe, est-il si misérable!
Tu te crois malheureux et tu n'es pas coupable.
Tu peux t'interroger sans honte, sans horreur,
Les serpents du remords ne rongent pas ton cœur,
Tes jours sont sans regrets, tes nuits sans épouvante,
Sans cesse à tes côtés une ombre menaçante
Ne creuse pas l'abîme où tu vas t'engloutir;
Tu ne crains par l'opprobre et ne peux que mourir.
Ah! déjà sur ton front serait le diadême,
J'aurais mis à tes pieds la puissance suprême,
Si je n'étais qu'un traître et qu'un usurpateur.
Mais dire à l'Univers: je suis un imposteur;
L'aveu serait encor plus honteux que le crime.

PERSÉE.

Eh bien! prononce donc l'arrêt de la victime.
Tu gardes le silence.

DÉOCLÈS.

Ô Dieu! c'est trop souffrir!
N'ai-je donc pas encor mérité de mourir?

PERSÉE.

Ami, de tous les deux termine le supplice;
Si tu m'as condamné, que l'arrêt s'accomplisse;
Ordonne qu'à l'instant on me mène à la mort.
Je ne supporte plus la rigueur de mon sort.

DÉOCLÈS.

Grands Dieux!

PERSÉE.

Sans murmurer j'ai souffert l'esclavage;
Les tourments n'ont jamais fatigué mon courage,
Je n'ai point dans les fers imploré le tombeau,
Mais ton ingratitude est un trop lourd fardeau.

DÉOCLÈS.

Qui me délivrera de ce supplice horrible?
Funeste ambition, rends-moi donc insensible.
Que ce cœur...

PERSÉE.

Déoclès!

DÉOCLÈS.

Qu'on l'éloigne de moi.
Son aspect...

PERSÉE.

Tu me fuis? C'est ton frère et ton roi.

DÉOCLÈS.

Gardes!

(Les gardes paraissent.)

PERSÉE.

Des étrangers! sous les yeux de mes pères.
Ah! ne me livre pas à leurs mains mercenaires.

FIN DU TROISIÈME ACTE.

ACTE IV.

—

SCÈNE PREMIÈRE.

LAODICE, ANTIMAQUE.

(Ils entrent tous les deux en même temps, chacun d'un côté opposé de la scène.)

ANTIMAQUE.

Le roi s'est éloigné, tout seconde nos vœux,
Madame, le captif va paraître à vos yeux.

LAODICE.

A l'aspect du tyran, a-t-on vu son visage
Se troubler, annoncer quelque secret orage?
Qu'a-t-il dit? Qu'a-t-il fait. Mille bruits différents
Jusqu'ici, dans le doute, ont suspendu mes sens.

ANTIMAQUE.

Un cri soudain, terrible...

LAODICE.

O ciel!

ANTIMAQUE.

Jamais, madame,
Non, jamais tant d'horreur n'avait glacé mon ame;
Par des gémissements, ces marbres ont semblé
Maudire le coupable au monde révélé.

LAODICE.

Grâce vous soit rendue, Erynnis, Euménides,
Vos serpents sont encor l'effroi des parricides.
Le crime est-il enfin dévoilé tout entier?

ANTIMAQUE.

On l'ignore. Le prince avec le prisonnier
Est resté seul.

LAODICE.

Seul?

ANTIMAQUE.

Seul. Quelques récits assurent
Que bientôt à sa voix les gardes accoururent,
Qu'ils le virent tremblant, pâle, les yeux hagards,
Mais qu'il s'est aussitôt soustrait à leurs regards.

LAODICE.

Ce désordre...

ANTIMAQUE.

Depuis cette scène fatale,
Dans son appartement, longtemps avec Harpale
Il s'est entretenu.

LAODICE, *à part.*

Dieux! si votre bonté...
(Haut.)
Le trouble en ce moment règne dans la cité.
Vainement l'imposteur veut calmer la tempête;
L'aigle dicte des lois, et Marcius s'apprête
A venir arracher à ce fourbe hautain
Ce rival qu'il dédaigne et qu'il craindra demain.

Dès que je parlerai, c'est fait de sa couronne:
L'opprobre est sur son front, l'abîme l'environne,
Dans Pella, dans ces murs, tout le peuple est pour nous.

ANTIMAQUE.

Il semblait en effet prêt à se joindre à vous,
Mais de l'usurpateur la présence soudaine
A bientôt dissipé cette foule incertaine.

LAODICE.

Elle est pour nous, vous dis-je. Eh bien ! ce prisonnier,
Que tarde-t-il ? Allez.

ANTIMAQUE.

Je n'ai pu confier
Mes vœux et vos desseins qu'à deux soldats fidèles.
Le palais est gardé par ces hordes cruelles,
Ces Gaulois, qui déjà soupçonnent vos projets.
Il faut tromper ici leurs regards inquiets,
Souffrez que nos amis, en servant votre cause,
Par quelques soins prudents...

LAODICE.

Qu'aucun d'eux ne s'expose.
Moi-même en la prison...

ANTIMAQUE.

Madame, vous voulez ?..

LAODICE.

Marchons.

ANTIMAQUE.

Mais il approche.

LAODICE.

Il approche ? Veillez
Sur le retour du roi. Ce prisonnier peut être...
Quel qu'il soit, gardez-vous de me faire connaître.
Je prétends éprouver son courage et son cœur.
Il me faut plus qu'un frère, il me faut un vengeur.

SCÈNE II.

LAODICE, ANTIMAQUE, PERSÉE, conduit par deux soldats. Il est sans fers.

(Les soldats s'éloignent. Antimaque veille à ce que personne n'approche.)

LAODICE, *à part.*

Serait-ce là?... Grands Dieux! écoutons sa pensée.
(Haut.)
Votre nom!.. Répondez.

PERSÉE.

Je me nomme Persée.

LAODICE.

Votre père?

PERSÉE.

Philippe.

LAODICE.

Et qu'êtes-vous donc!

PERSÉE.

Roi.

LAODICE.

D'un propos si hardi quelle est la preuve?

PERSÉE.

Moi.

LAODICE.

Votre garant?

PERSÉE.

Les Dieux.

LAODICE.

Vos titres?

PERSÉE.

La justice.

LAODICE.

Mais ne craignez-vous pas que l'on ne vous punisse?
Je lis dans votre cœur...

PERSÉE.

Je ne crains que le ciel,
Madame, et lui seul lit dans le cœur du mortel.

LAODICE.

Dans la pitié du roi vous avez un refuge.

PERSÉE.

Sa pitié.

LAODICE.

Je vous plains.

PERSÉE.

Ne plaignez que mon juge.

LAODICE.

Avant de concevoir ce projet... ce complot...

PERSÉE.

Complot!

LAODICE.

Où viviez-vous?

PERSÉE.

Dans le fond d'un cachot.

LAODICE.

Qui vous traitait ainsi?... Pouvez-vous nous l'apprendre?

PERSÉE.

Celui qui ne vit plus; je pardonne à sa cendre.

LAODICE.

Vécûtes-vous toujours esclave et dans les fers?

PERSÉE.

Réservé par les Dieux à des destins divers,
J'ai goûté le repos, j'ai connu l'espérance.
Heureux furent les jours de mon adolescence.
L'amitié généreuse en embellit le cours.
Hélas! cette amitié disparut pour toujours.
Je perdis cet ami, mes malheurs commencèrent,
Dans un affreux cachot des traîtres me plongèrent;
Pendant dix ans entiers j'y fus privé du jour.

LAODICE.

Qui vint vous arracher à ce triste séjour?

PERSÉE.

Une nuit, du cachot les portes s'entr'ouvrirent;
Une troupe parut et des hommes me dirent:
Viens régner. J'écoutais, mes esprits confondus...

LAODICE.

Ces hommes, qui sont-ils?

PERSÉE.

Ces hommes ne sont plus.

LAODICE.

De leurs noms à mes yeux pourquoi faire un mystère?

PERSÉE.

Et quel droit avez-vous sur leur noble poussière?
Paix sur eux! Ils sont morts en défendant leur roi.

LAODICE.

Vous voulez prendre un nom...

PERSÉE.

Je le veux, je le doi.

LAODICE.

Ainsi celui qui règne est un fourbe, est un traître,
Il usurpe le rang où l'on vous a vu naître,
Vous avez contre lui votre sang et nos lois.

PERSÉE.

Je vous l'ai dit, madame.

LAODICE.

Il se peut, je le crois;
Je veux bien appuyer vos droits à la couronne,
Mais avant que ma main vous place sur le trône,
Jurez de vous soumettre aux arrêts du sénat,
Jurez de me venger d'un infâme attentat.

PERSÉE.

A ces conditions si je pouvais souscrire,
Madame, je serais indigne de l'empire;
Je refuse un appui qui n'est pas généreux,
J'attendrai tout du temps, de ma cause et des Dieux.

LAODICE, *à part.*

Tant d'orgueil!..(*Haut.*) Vous osez, lorsque je vous propose...
Savez-vous bien à quoi ce refus vous expose?
Quel destin vous réserve un despote ombrageux?
Le supplice s'apprête, un supplice honteux.

PERSÉE.

La honte est dans le crime et non dans le supplice.

LAODICE.

Eh quoi! quand je m'abaisse à devenir complice.

PERSÉE.

Complice! Quel forfait se trame donc ici?

LAODICE.

Pourquoi vous tourmenter d'un semblable souci?
Vengez-moi, la couronne est votre récompense.

PERSÉE.

Le sort ne m'a laissé que ma seule innocence;
C'est mon seul bien, madame, et mon persécuteur
N'a jamais à ce point abusé du malheur.

LAODICE, *à part.*

Juste ciel! Poursuivons.

(Haut.)

Vous ignorez peut-être
Qui je suis? Que je puis ce que j'ose promettre?

Qu'à mes ordres enfin c'est à vous d'obéir
Ou reprendre des fers? Hâtez-vous de choisir.

PERSÉE.

Soldats, enchaînez-moi.

LAODICE.

Ce noble caractère,
Cette voix... ce regard... Oui, vous êtes mon frère,
C'est le fils de Philippe et j'atteste ses droits.

PERSÉE.

Laodice! ma sœur!.. Est-ce vous que je vois?

LAODICE.

Oui, venez dans mes bras, venez, venez, mon frère.
Ah! ce sont là tes traits, ô Philippe! ô mon père!
Le trouble, la douleur, les cachaient à mes yeux,
Mais je les reconnais et je bénis les Dieux.

PERSÉE.

Ah! sur la terre encor il est quelqu'un qui m'aime.

LAODICE.

Par vous nous retrouvons la puissance suprême.
Fils des rois, paraissez, paraissez menaçant,
Malheur à l'imposteur! Je demande son sang,
Je le demande au nom de l'Achaïe entière.
Au nom de tous les rois, au nom de votre père,
C'est le premier bienfait que j'exige de vous;
Vengez le diadème et vengez mon époux.

PERSÉE.

Tout entier au bonheur de la reconnaissance,
Mon cœur n'éprouve pas cette soif de vengeance;

Je suis encore esclave et ne peux rien donner;
Mais je sens qu'on doit être heureux de pardonner.

LAODICE.

Le pardon trop souvent encourage le crime.
La haine ici mon frère est juste, légitime.
Que dis-je! en l'épargnant, en frappant à demi,
Vous êtes criminel.

PERSÉE.

Il était mon ami.

LAODICE.

Et c'est ce qui le rend encore plus coupable.

PERSÉE.

J'ai conservé ses jours.

LAODICE.

Et ce monstre exécrable
De vos propres bienfaits s'armera contre vous.
Notre père peut-être est tombé sous ses coups.

PERSÉE.

Non, Déoclès n'a pu commettre un parricide.

LAODICE.

Etes-vous donc ici l'appui de ce perfide?
Sont-ce là les vertus dignes de vos aïeux?

PERSÉE.

Ah! pour savoir haïr je fus trop malheureux.

LAODICE.

Abandonnerez-vous le trône d'Alexandre?

PERSÉE.

Non, ce trône est à moi, je saurai le défendre.
Allons, madame, allons au peuple rassemblé
Apprendre le secret qui vous est révélé.

LAODICE.

Arrêtez, vous courez vers une mort certaine;
Il faut une heure encor supporter votre chaine.
Votre ennemi respire et le camp est pour lui.
Laissez-moi du sénat vous confirmer l'appui
Et de nos partisans éprouver le courage.
D'un assassin obscur ne craignez pas la rage,
L'usurpateur vous garde un trépas éclatant,
Et son propre intérêt contre lui vous défend.
Bientôt l'ambassadeur d'un peuple qu'il doit craindre
Lui dictera des lois qu'il n'oserait enfreindre.
La Grèce contre lui servira mes desseins,
Et vous avez pour vous vos droits et les Romains.

PERSÉE.

Mes droits me suffiront. Que de cette aigle altière
L'aspect ne trouble pas la cendre de mon père.

ANTIMAQUE, *accourant.*

Le roi revient, madame, et bientôt dans ces lieux...

LAODICE.

Quoi! ce cachot encor... Soumettons-nous aux Dieux!
Vous en sortirez roi, comptez sur ma tendresse;
Oui, je saurai mourir ou remplir ma promesse.

(Les deux soldats conduisent Persée.)

SCÈNE III.

LAODICE, ANTIMAQUE.

LAODICE.

Antimaque, courez, volez vers le sénat;
Qu'il s'assemble; je veux dévoiler l'attentat,
Accuser l'imposteur, l'assassin de mon père;
Qu'on s'arme, qu'on s'apprête à proclamer mon frère.

SCÈNE IV.

LAODICE, *seule.*

O mânes de Philippe, ombre de mon époux,
Contre le meurtrier secondez mon courroux;
Dévoilez l'imposture à la terre étonnée.
Que ce peuple séduit, que la Grèce indignée
Se vengent aujourd'hui d'une trop longue erreur;
Que l'avenir lui voue une éternelle horreur.
Il vient, je l'attendrai, sûre de ma vengeance,
Oui, je puis maintenant supporter sa présence.

SCÈNE V.

LAODICE, DÉOCLÈS, GARDES.

DÉOCLÈS, *avec colère.*

Approchez-vous... c'est vous que je cherchais ici.

LAODICE.

Est-ce bien une sœur qui vous irrite ainsi?

DÉOCLÈS.

Le trouble est dans ces murs. L'auteur de cette trame,
Quel est-il?

LAODICE, *fièrement.*

Je ne sais.

DÉOCLÈS.

Vous le savez, madame,
Vous savez du sénat qui dirige les coups,
Qui trahit son pays.

LAODICE.

Et qui donc, seigneur?

DÉOCLÈS.

Vous.

LAODICE.

Moi?

DÉOCLÈS.

Vous qui, n'écoutant qu'une aveugle furie,
Déchirez sans pitié le sein de la patrie.
Vous qui livrez la Grèce au joug de l'étranger,
Dans un gouffre de maux qui voulez la plonger,
Vous qui déshonorez votre rang, votre race,
Vous dont je punirai la criminelle audace.

LAODICE.

Peut-être tant d'orgueil ne vous conviendrait plus...
Vos droits...

DÉOCLÈS.

Mes droits encor ne sont pas méconnus.
Je règne, et c'est vous seule ici qu'un peuple accuse.

LAODICE.

Ce peuple ne sait pas à quel point on l'abuse.

DÉOCLÈS.

Qui l'abuse, madame, et que prétendez-vous ?

LAODICE.

Consultez votre cœur, et jugez entre nous.

DÉOCLÈS.

Si je ne consultais que l'honneur de mon trône,
Ce pardon...

LAODICE.

Juste ciel ! c'est à moi qu'on pardonne !
Moi la sœur, moi la fille... Et c'est vous, vous, grands Dieux !

DÉOCLÈS.

Madame... je vois trop quel projet odieux !..
Un fourbe est votre espoir... De ma cause transfuge...

LAODICE.

Ne m'accusez donc pas, quand je suis votre juge.

DÉOCLÈS.

Quoi ! jusqu'à la menace !

LAODICE.

Et je puis menacer.
Si je dis un mot...

DÉOCLÈS.

Vous !

LAODICE.

Craignez de m'y forcer.

DÉOCLÈS.

Allez, de ce palais les portes sont ouvertes.

LAODICE.

La fourbe, l'imposture, enfin sont découvertes.
J'ai vu, j'ai vu celui qu'on voulait me céler.

DÉOCLÈS.

Vous l'avez-vu ? Tremblez.

LAODICE.

C'est à vous de trembler.
Vous n'êtes point mon frère.

DÉOCLÈS.

Et cet excès d'audace...
Quoi ! je le souffrirais ! N'espérez plus de grâce,
A m'armer du pouvoir on me contraint enfin.
Gardes !

(Les gardes s'approchent.)

LAODICE.

Sur Laodice osez porter la main.

DÉOCLÈS.

Qu'on l'emmène.

LAODICE.

Tyran, Rome va me défendre,
Et du fond des cachots elle saura m'entendre.

DÉOCLÈS.

Parlez, vous le pouvez; mais sachez cependant,
Si vous voulez sauver ce faible prétendant,
Que d'un mot, d'un seul mot, vous dictez sa sentence.

LAODICE, *avec effroi.*

Seigneur...

DÉOCLÈS.

Allez, madame, embrassez sa défense.
(Aux gardes.)
Suivez-là. De ces murs qu'elle ne sorte pas.
Vous, sur le prisonnier veillez, Léodamas.

SCÈNE VI.

DÉOCLÈS, STRATON, GARDES.

STRATON.

L'ambassadeur romain au palais se présente.

DÉOCLÈS.

Qui l'y fait appeler? Cette race insolente
Se croira donc toujours la tutrice des rois?
Marcius prétend-il ici dicter des lois?
Que veut-il?

STRATON.

Je l'ignore.

DÉOCLÈS.

Allez, qu'on l'introduise.
Que cet ambassadeur tienne la foi promise,
Et qu'il n'espère pas avec impunité
Jusques dans ce palais braver la royauté.

SCÈNE VII.

DÉOCLÈS, GARDES, MARCIUS sans suite.

MARCIUS.

Je viens me plaindre à vous, me plaindre de vous-même.
Quoi! l'espoir de la paix n'est-il qu'un stratagème?
La trève dure encore, on s'apprête au combat.
D'un fourbe suscité pour embraser l'Etat
On dit que les Romains, prince, sont les complices.
Rome ne peut ourdir de lâches artifices,
Et je dois à sa gloire, à tous les Grecs, à vous,
De détruire un soupçon trop indigne de nous.
Je veux moi-même ici confondre le coupable.

DÉOCLÈS.

Quand je ne vous rends pas du crime responsable,
Dispensez-vous du soin de vous justifier.

MARCIUS.

Me refuserez-vous de voir ce prisonnier?
Lorsque mon nom, le vôtre, en un mot, quand on ose...

DÉOCLÈS.

Je ne vous charge pas de défendre ma cause.

MARCIUS.

Mais ces propos, seigneur, quoiqu'indignes de foi,
Sont-ils moins outrageants et pour vous et pour moi?
Les souffrir, n'est-ce pas seconder l'imposture?

DÉOCLÈS.

Tant d'importunité peut paraître une injure.

MARCIUS.

Je veux du précipice arracher un héros,
L'aider à déjouer de sinistres complots.
Ah! de vos ennemis la fureur implacable
Va jusqu'à vous charger d'un crime épouvantable.
Ils disent que déjà sous le glaive assassin
Ce proscrit...

DÉOCLÈS, *aux gardes.*

Qu'on l'amène aux yeux de ce Romain.

SCÈNE VIII.

DÉOCLÈS, MARCIUS, HARPALE, GARDES.

HARPALE.

Parmi les factieux surpris dans cette enceinte,
Des Romains!

DÉOCLÈS.

Des Romains!

HARPALE.

Sous une amitié feinte,
Ce sont eux...

MARCIUS.

Vous osez !.. Et quels sont ces Romains ?

HARPALE.

Des traîtres dans ces murs pour d'infâmes desseins
Conduits...

MARCIUS.

Par qui ?

DÉOCLÈS, *avec fureur.*

Par vous.

MARCIUS.

Moi, porter l'incendie !..

DÉOCLÈS.

Oui, je reconnais Rome à tant de perfidie.
A la Grèce je vois ce que vous destinez ;
Vous n'avez pu me vaincre et vous m'assassinez.
Vous armez jusqu'aux bras dont vous forgez la chaîne :
La science du crime est la force romaine.

MARCIUS, *en hésitant.*

Rome à la trahison ne peut s'associer.

DÉOCLÈS, *se contraignant.*

Vous essayez en vain de vous justifier,
J'aperçois dans quel but vous vouliez voir ce traître.

Devant ses juges seuls il doit ici paraître,
Sans Rome et son appui je saurai le punir.
Vous, Romain, je veux bien encor vous prévenir;
Renfermez-vous ici dans votre ministère,
A l'ombre de la paix ne soufflez pas la guerre,
Cessez de seconder de lâches attentats,
Ou la nuit dans ces murs ne vous trouvera pas.
Allez.

SCÈNE IX.

DÉOCLÈS, HARPALE, GARDES.

HARPALE.

Votre présence au camp est nécessaire.
Devant votre ennemi j'ai cru devoir le taire,
Seigneur. Mais des soldats on ébranle la foi,
On leur fait soupçonner qu'il est un autre roi.
Les Romains contre vous secondent Laodice,
Le sénat tout entier se montre son complice.

DÉOCLÈS.

Me forceront-ils donc à me souiller d'un sang...
Grands Dieux!.. Ces Dieux sont las de me voir innocent,
Ils puniront mon père en m'entraînant au crime.
Au crime!.. Arrêtons-nous sur le bord de l'abîme.
Va, fais agir sur lui l'espoir et la terreur.
Promets tout. S'il consent...

HARPALE.

S'il refusait, seigneur.

DÉOCLÈS.

S'il refusait!..

HARPALE.

Craignez une pitié fatale.

DÉOCLÈS.

S'il refusait...

HARPALE.

Eh bien ?

DÉOCLÈS.

Tu reviendras, Harpale,
Tu connaîtras son sort.

HARPALE.

Nous avons peu d'instants.

DÉOCLÈS.

Il suffit, obéis. Dans le camp je me rends.
Les soldats pourraient-ils abandonner ma cause?
Va, parle au prisonnier, sur toi je me repose.

FIN DU QUATRIÈME ACTE.

ACTE V.

SCÈNE PREMIÈRE.

CLONDICUS, TROUPE DE GAULOIS.

(Clondicus paraît d'abord. Un moment après, les Gaulois entrent en grand nombre par les diverses issues du théâtre. Les chefs forment un demi-cercle autour de Clondicus.)

CLONDICUS.

Vous tous, mes compagnons, vous guerriers, vous Gaulois,
Ecoutez. Dès longtemps unis par vos exploits
Au roi qui sut par vous enchaîner la victoire,
Vous avez partagé ses triomphes, sa gloire.
La fortune, soldats, l'abandonne aujourd'hui;
Son peuple, ses guerriers sont armés contre lui.
Vous, Gaulois, serez-vous à sa cause infidèles?
Joindrez-vous vos lauriers aux torches des rebelles?
Frapperez-vous le fort quand il est abattu,
Et démentirez-vous votre antique vertu?
Songez-y, la victoire ici serait un crime.
Ce roi que l'on menace est le roi légitime;
Et ce trône brillant du nom de ses aïeux,
Ce trône qu'il possède est un présent des Dieux.
Il vient; il vient braver avec nous la tempête,
Ah! de nos boucliers, amis, couvrons sa tête.

SCÈNE II.

DÉOCLÈS, CLONDICUS, TROUPE DE GAULOIS.

(Au moment où le roi entre, les Gaulois élèvent leurs boucliers. Le roi paraît sombre et agité.)

DÉOCLÈS.

J'accepte votre bras. Armez-vous, soyez prêts
A combattre, à punir de rebelles sujets,
Si leur aveugle rage épuisait ma clémence.

(Clondicus et les Gaulois sortent.)

SCÈNE III.

DÉOCLÈS, *seul.*

Harpale ne vient pas. D'une si longue absence.
Je vois trop... Ce proscrit a repoussé ma main,
Pourquoi m'inquiéter d'un malheur incertain?
Je lui donne la vie... Ah! c'est lui faire injure!
Le fils de tant de rois seconder l'imposture!
Souffrir que d'un forfait... Non, perdons cet espoir.
L'orgueilleux dans les fers braverait mon pouvoir?
Et je balancerais! Ciel! le penser du crime
Pour la première fois... Innocente victime,
Dès l'enfance proscrite, enchaînée au malheur,
De mon ambition, de ma propre fureur
Mon cœur te défendra... Ma faiblesse peut-être.
Qu'Harpale dans ces lieux est lent à reparaître.
Que fait-il? Je l'entends... Ce regard, sa douleur...

SCÈNE IV.

DÉOCLÈS, HARPALE.

DÉOCLÈS.

Eh bien ! le prisonnier?...

HARPALE.

Il refuse, seigneur.

DÉOCLÈS.

Il refuse ! Il refuse et peut-être il espère
Pouvoir impunément défier ma colère?
Qu'il tremble ! Qu'ai-je dit? Grands Dieux, de ce forfait
Sauvez-le. Sauvez moi. C'est l'unique bienfait
Qu'ici j'attends de vous.

HARPALE.

Contre votre faiblesse
Implorez-les plutôt. S'ils protégent la Grèce,
Ces Dieux, ces Dieux enfin vous ouvriront les yeux.
Eh quoi ! pour épargner le sang d'un malheureux,
Vainqueur, vous souffrirez que Rome nous opprime.
Mais trahir son pays, n'est-ce donc pas un crime?
Est-ce un homme, est-ce un peuple ici qui doit périr?
Alors, entre les deux hâtez-vous de choisir.
Mais si vous nous livrez à la main ennemie,
Vous condamnerez-vous vous-même à l'infamie?...
N'en doutez pas, l'on veut arracher au vainqueur
Celui...

DÉOCLÈS.

L'on oserait!

HARPALE.

Ils l'oseront, seigneur.
Si l'on brise ses fers, la Grèce est asservie.
Lui rendrez-vous alors sa liberté ravie?
Mettez fin d'un seul coup à ces honteux complots,
Qu'une goutte de sang en arrête des flots.

DÉOCLÈS.

L'Univers de ce sang va me demander compte.

HARPALE.

Vous pardonnera-t-il de supporter la honte?

DÉOCLÈS.

Arrête.... Crains l'effet d'un funeste transport.

HARPALE.

Ah! je crains plus.

DÉOCLÈS.

Il faut l'arracher à la mort.
Va, que de ce palais à l'instant on l'emmène,
Que soustrait aux regards, dans une île lointaine
Il vive.

HARPALE.

Lui. Mais vous.

DÉOCLÈS.

Oui, qu'il vive! Son sang
Me poursuivrait sans cesse.

SCÈNE V.

LES PRÉCÉDENTS, UN OFFICIER.

L'OFFICIER.

Un peuple menaçant
Entoure ce palais.

HARPALE.

Déjà Rome commande.

DÉOCLÈS.

Quoi ! jusques dans ces murs ! Quelle audace !

L'OFFICIER.

Il demande
A voir le prisonnier.

HARPALE.

Et c'est lorsque d'un mot...

DÉOCLÈS, *avec fureur.*

A voir le prisonnier ! Il le verra trop tôt,
Peut-être.

HARPALE.

Et vous tardez.

SCÈNE VI.

LES PRÉCÉDENTS, STRATON.

STRATON.

L'ambassadeur s'avance.

DÉOCLÈS.

Ce perfide ose encor paraître en ma présence.

SCÈNE VII.

DÉOCLÈS, HARPALE, MARCIUS.

(Marcius est entouré de licteurs et de tous les attributs de la puissance romaine.)

MARCIUS.

On veut vous enlever, seigneur, le prisonnier,
Autour de cette enceinte un peuple tout entier
Le réclame. A la paix faites un sacrifice,
Votre salut l'exige autant que la justice.
Confiez le coupable à la foi des Romains,
Ordonnez qu'à l'instant remis entre mes mains...

DÉOCLÈS.

J'ai peine à concevoir cette étrange demande.
Quoi ! pour ma sûreté Marcius appréhende !
Depuis quand les Romains montrent-ils pour les rois
Un intérêt si grand ? Mon épée et mes droits

Me suffiront sans vous pour défendre le trône,
Ah ! s'il me faut, Romains, vous devoir la couronne,
Si le sort me réserve à ce dernier affront,
Puisse-t-elle à l'instant se briser sur mon front.

MARCIUS.

En n'appréciant pas un avis aussi sage,
Vous m'obligez, seigneur, à changer de langage.
C'est au nom du consul, du peuple, du sénat,
Au nom de Rome enfin, juge de ce débat,
Que je viens réclamer une illustre victime,
Celui que l'on prétend le maître légitime.

DÉOCLÈS, *portant la main à son épée.*

Téméraire !

HARPALE, *retenant le bras de Déoclès.*

Arrêtez.

DÉOCLÈS.

Le nom d'ambassadeur
Te sauve seul ici de ma juste fureur.
Va, sors de mes Etats. A ta race infidèle
Je déclare et je jure une guerre éternelle.

SCÈNE VIII.

DÉOCLÈS, HARPALE.

DÉOCLÈS.

On veut me l'arracher ! Non, je n'hésite plus,
Qu'il meure.

(Harpale sort.)

SCÈNE IX.

DÉOCLÈS, *seul.*

C'en est fait, des traîtres confondus
Je brise le poignard, j'étouffe l'espérance.
J'assure mon repos, ma gloire, ma puissance.
Rome est vaincue enfin, et je règne... Mes droits
Sont scellés par le sang... Oui, le premier des rois,
Comme moi conquérant, enfant de la fortune,
Sut punir... Ecartons une image importune,
Jouissons d'un repos chèrement acheté.
Mon ordre maintenant doit être exécuté.
Mon cœur est délivré de toute inquiétude.
Ce funeste témoin et cette incertitude...
Le sort le condamnait. L'avait-il mérité?
Qu'il a montré pour moi de générosité!
Il m'aimait! Il m'aimait! Il me trompait peut-être.
Déjà dans son orgueil il se croyait mon maître.
Sa fureur en silence attendait mon trépas...
Quand nous l'assassinons, ah! ne l'accusons pas!
L'assassiner... lui... lui! mon bienfaiteur, mon frère!
Révoquons un arrêt dicté par la colère,
Courons... A l'infamie allons donc dévouer
Mon nom, ma race; allons lâchement avouer
A ce peuple, au sénat, à la Grèce, à la terre,
La faiblesse du fils et le forfait du père.
Qu'il meure?.. C'est son bras... c'est ce bras généreux.
Oublions... je ne puis... Ce bienfait odieux
Sur mon cœur est un poids funeste, insupportable.
Si je pouvais encor ne pas être coupable!
Oui... sauvons l'innocent.

(Au moment où Déoclès va sortir, un cri de mort se fait entendre. Il s'arrête. Harpale paraît un glaive sanglant à la main.)

SCÈNE X.

DÉOCLÈS, HARPALE.

DÉOCLÈS.

(Il s'assied.)

Dieux !

HARPALE.

Le trône est à vous.
Près d'ici ce rival est tombé sous mes coups.
Arraché des cachots par une main perfide,
Vous alliez succomber sous son glaive homicide.
Seigneur, je l'ai trouvé s'avançant vers ces lieux.
Mais venez, profitons d'un moment précieux.
Montrez-vous aux soldats, annoncez que le traître
En se donnant la mort vient de venger son maître,
Prévenez sa complice. Ordonnez qu'à l'instant
On expose aux regards son cadavre sanglant.
Par ce coup imprévu la révolte écrasée
Va laisser aux Gaulois une victoire aisée.
Pour agir Clondicus n'attend que le signal.
Mais le moindre retard peut devenir fatal.
Ah ! Seigneur, écoutez un serviteur fidèle.

DÉOCLÈS.

Il suffit, je me fie, Harpale, à votre zèle.

SCÈNE XI.

(Il fait nuit.)

DÉOCLÈS, *seul.*

(Il paraît violemment agité. Après un instant de silence :)

Je suis tranquille enfin... satisfait... cette horreur
Est loin de moi. Paisible et maître de mon cœur,

Je n'entends plus gronder la foudre vengeresse...
Qu'est-ce que le remords? L'enfant de la faiblesse,
Je n'en ai point. Non. Non. Je suis calme. Pourquoi
Harpale a-t-il laissé ce glaive devant moi?
Qu'on l'éloigne... Ce sang... de ce lieu redoutable.

(Il montre l'endroit où Harpale a paru.)

Un cri... Je m'abusais... (*Il écoute*)... Cette voix lamentable
Me suivra donc toujours... Il semble qu'une main
Sur mon front... Ecoutez... Soldats! un assassin...
J'ai vu luire un poignard à travers les ténèbres...
Quelqu'un est dans ces lieux. Oui, ces accents funèbres...
Dieu! quel affreux prestige égare ici mes sens!

(Il s'arme et s'avance vers le fond du théâtre. Persée traînant sa chaîne, couvert de sang, se soutenant à peine, paraît. Déoclès, saisi d'horreur, recule devant lui pas à pas et vient ainsi jusques sur le devant de la scène.)

SCÈNE XII.

PERSÉE, DÉOCLÈS.

PERSÉE, *d'une voix mourante.*

Ah! qui que vous soyez, terminez mes tourments.
Ils m'ont frappé, je meurs. Ah! que la mort est lente!
La mort! Ah! par pitié...

(Il saisit le bras de Déoclès qui est appuyé contre le trône.)

DÉOCLÈS.

De cette main brûlante
Sauvez-moi.

PERSÉE.

Mon bourreau! Viens, Déoclès.

DÉOCLÈS.

Où fuir?

PERSÉE.

Arrête.

DÉOCLÈS.

Que veux-tu?

PERSÉE.

Pardonner et mourir.

(Il tombe mort derrière le trône. Déoclès s'appuie sur les degrés du trône.)

SCÈNE XIII.

DÉOCLÈS, LAODICE.

(Déoclès en apercevant Laodice se lève, la repousse du lieu où est le cadavre de son frère et d'une voix terrible.)

DÉOCLÈS.

N'approchez pas.

LAODICE.

Je viens vous épargner un crime,
Sauvez, sauvez, seigneur, l'innocente victime.
Moi seule j'ai tout fait, ne l'en punissez pas.
Détournez de son front le fer de vos soldats.
Pour un jour, un seul jour, nommez-le votre frère.
Je dirai que Philippe est aussi votre père,
Je dirai que ce trône acquis par vos exploits...
Dans le fond des déserts il cachera ses droits.
De Philippe au tombeau n'éteignez pas la race,
Je ne demande plus que cette unique grâce.
La pitié, la raison, votre intérêt, les Dieux .
Défendent avec moi ce sang trop malheureux.

Oui, c'est le sang des rois, c'est le sang d'Alexandre,
C'est mon frère, c'est lui. Cette amitié si tendre,
Plus encor, ma fierté qui fléchit devant vous,
L'attestent. Laodice embrasse vos genoux.

(Elle se prosterne devant Déoclès.)

Mais quels lugubres cris! Une troupe s'avance.
Grâce !

DÉOCLÈS, *avec effroi.*

Le ciel déjà consommant sa vengeance...

SCÈNE XIV.

DÉOCLÈS, LAODICE, HARPALE, CLONDICUS, Soldats armés et portant des flambeaux.

HARPALE.

Vous triomphez, seigneur, les traîtres sont soumis,
Dans la ville et le camp il n'est plus d'ennemis.
On reconnaît des droits que scelle la victoire.
Le peuple libre enfin proclame votre gloire.
De sa rebellion il maudit les auteurs,
Et dans leur sang coupable assouvit ses fureurs.
Le sénat applaudit à sa prompte justice,
Des troubles de l'Etat accuse Laodice,
Et demande à grands cris son juste châtiment.

LAODICE.

Les lâches! Frappez donc, terminez mon tourment.

HARPALE.

Déjà l'aigle tremblante à fui de nos murailles.
Que tardez-vous, seigneur? Le sceptre des batailles,

Ce glaive redouté n'est-il pas dans vos mains?
Allons jusques dans Rome attaquer les Romains ;
Allons exterminer une race perfide.
Mais le sénat approche.

LAODICE, *avec étonnement.*

Antimaque le guide,
Il vient donc empêcher un horrible attentat.
Grands Dieux! Pour me trahir se joint-il au sénat?

SCÈNE XV.

LES PRÉCÉDENTS, ANTIMAQUE, suivi de tout le sénat. STRATON, Peuple.

ANTIMAQUE, *à Déoclès.*

Ah! souffrez les transports d'une juste allégresse.
Des beaux jours sont encore réservés à la Grèce.
La Grèce a conservé le maître généreux,
Le héros qu'elle doit à la bonté des Dieux.
Prince, un vaste complot menaçait votre empire,
L'ambition, l'orgueil, un funeste délire
D'une foule parjure égarait la raison.
Jusques dans ce palais régnait la trahison.
Et votre propre sang, ô forfait détestable!
Une sœur... Je me tais sur un si grand coupable.
Les Romains, s'appuyant du nom d'un imposteur,
De la rebellion attisaient la fureur.
Avec ce vain fantôme expira leur courage,
Le traître sur lui-même a fait tomber sa rage.

LAODICE, *à part.*

Qu'entends-je? Quel soupçon!

ANTIMAQUE.

Les ministres du ciel
Ont aux Dieux infernaux voué le criminel.
Qu'il n'ait pas de cercueil, que son ombre plaintive
Cherche en vain le repos sur l'infernale rive.

LAODICE.

Ils l'ont assassiné!

(A Déoclès.)

Misérable! C'est toi!
Tu ne pouvais régner qu'en égorgeant ton roi.
La victime est mon frère, oui, peuple, je le jure.
Je jure... Dans ses yeux lisez son imposture.

HARPALE.

Prince, souffrirez-vous que par un tel affront...

LAODICE, *regardant fixement Déoclès.*

Le crime en traits de sang est écrit sur son front.
Tu l'as assassiné. Ce monstre est ton complice.
Viens de ta propre main égorger Laodice,
Épuise tout le sang qu'a proscrit ta fureur,
Unis dans le cercueil le frère avec la sœur.
Les Dieux, les justes Dieux préparent ma vengeance;
La sentence est portée, et ton vainqueur s'avance.
J'entends rouler le char où bientôt enchaîné,
Esclave d'un Romain, à sa suite traîné,
Vaincu, déshonoré, courbé sous l'infamie,
Lâche, tu ne sais pas renoncer à la vie.

Vil objet du mépris des plus vils des humains,
Tu tends à tes bourreaux de suppliantes mains.
Tes vœux sont repoussés, Rome ne fait pas grâce,
L'arrêt s'accomplira : toi, ton infâme race,
Vous mourrez dans les fers comme mourut ce roi,
Ce roi de qui le sang s'élève contre toi.

(Aux gardes qui l'entourent et s'apprêtent à la frapper.)

Qu'on ne m'approche pas. De la nuit éternelle
J'entends, j'entends la voix d'un frère qui m'appelle.
Mais je ne mourrai pas du fer des assassins.

(Elle se frappe.)

Je lègue ma vengeance et mon trône aux Romains.

FIN DU CINQUIÈME ET DERNIER ACTE.

www.ingramcontent.com/pod-product-compliance
Ingram Content Group UK Ltd.
Pitfield, Milton Keynes, MK11 3LW, UK
UKHW020344180726
13839UKWH00002B/909